부자 영감이 마을 사람들과 내기를 해요.
부자 영감이 뛰는 사람의 이름을 열 번 외기 전에
먼저 낟가리까지 뛰어 갔다 오면 이기는 거예요.
그런데 내기에 나선 사람들이 번번이 부자 영감에게 져요.
부자 영감을 이길 수 있는
세상에서 가장 긴 이름이 있을까요?

추천 감수_ 김병규

대구교육대학을 졸업하고 한국일보 신춘문예에 동화가, 중앙일보 신춘문예에 희곡이 당선되면서 작품 활동을 시작했습니다. 대한민국문학상, 소천아동문학상, 해강아동문학상 등을 수상했으며, 현재 소년한국일보 편집국장으로 재직 중입니다. 쓴 책으로 〈나무는 왜 겨울에 옷을 벗는가〉, 〈푸렁별에서 온 손님〉, 〈그림 속의 파란 단추〉 등이 있습니다.

추천 감수_ 배익천

경북 영양에서 태어났습니다. 1974년 한국일보 신춘문예에 동화가 당선되었고, 〈마음을 찍는 발자국〉, 〈눈사람의 휘파람〉, 〈냉이꽃〉, 〈은빛 날개의 가슴〉 등의 동화집을 펴냈습니다. 한국아동문학상, 대한민국문학상, 세종아동문학상 등을 받았으며, 현재 부산 MBC에서 발행하는 〈어린이문예〉 편집주간으로 일하고 있습니다.

글_ 김기린

서울예술대학 문예창작학과를 졸업하고 출판사에서 어린이 책을 만들었습니다. 지금은 창작 그림책을 비롯하여 과학, 역사 등 다양한 분야에 걸쳐 글을 쓰고 있습니다. 작품으로 〈세상에서 가장 큰 지혜를 주는 동화〉, 〈늑대가 나타났다!〉, 〈지구가 화났어요〉 등이 있습니다.

그림_ 주미혜

동덕여자대학교 시각디자인과를 졸업하였으며 아이들을 키우면서 어린이 책에 관심을 갖게 되었습니다. 아이들이 재미있고 즐겁게 볼 수 있는 그림책을 만들기 위해 열심히 그림을 그리고 있습니다. 작품으로 〈링컨〉, 〈수레국화의 전설〉, 〈걸리버 여행기〉, 〈용궁에 간 토끼〉, 〈주먹이〉, 〈이게 뭐지?〉, 〈신통방통 마을의 족장 선거〉 등이 있습니다.

말랑말랑 우리전래동화 **44** 웃음과 풍자

세상에서 가장 긴 이름

발 행 인 박희철
발 행 처 한국헤밍웨이
출판등록 제406-2013-000056호
주   소 경기도 성남시 분당구 금곡동 444-148
대표전화 031-715-7722
팩   스 031-786-1100
편   집 이영혜, 이승희, 최부옥, 김지균, 송정호
디 자 인 조수진, 우지영, 성지현, 선우소연
사진제공 이미지클릭, 연합포토, 중앙포토

세상에서 가장 긴 이름

글 김기린 그림 주미혜

한국헤밍웨이

어느 마을에 심술궂고 욕심 많은 부자 영감이 살았어.

마을은 하루도 조용한 날이 없었지.

부자 영감이 걸핏하면 남의 것을 빼앗았거든.

동네 아낙이 사과 바구니를 이고 가면

숨어 있다가 발로 툭 차서 사과를 떨어뜨렸어.

그리고는 데굴데굴 구르는 사과를 냉큼 집어서 달아났지.

"하하하, 주운 사람이 임자야!"

부자 영감은 꼬마가 먹던 엿까지 빼앗아 먹었어.

"으하하, 엿이 입에서 살살 녹네."

앙앙, 내 엿 돌려줘요!

참다못한 마을 사람들이 한자리에 모였어.

"세상에나! 어제는 장 서방네 소를 빼앗았대요."

"아니! 소를 어떻게?"

"돈 갚을 날짜가 남았는데도

억지를 부려서 훨씬 값나가는 소를 끌고 갔대요."

"허참, 부자 영감 때문에 이 마을에 못 살겠네."

"안 되겠어요. 사또께 말해 봅시다."

집집마다 숟가락, 이불, 고무신 등 하나씩은 빼앗겼거든.

그 소식을 들은 부자 영감은
마당을 어슬렁거리며 생각에 잠겼어.
'뭐라고? 사또한테 일러바친다고?
그럼 안 되지, 흐흐.'
"맞아! 이제부터는 내기를 해서 빼앗아야겠군.
그러면 아무 소리 못 하겠지?"

다음 날, 부자 영감은 논으로 나갔어.
논일을 하던 농부들이
부자 영감을 보고 수군거렸어.
"또 무슨 못된 짓을 하려고 왔대?"

부자 영감이 활짝 웃으며 낟가리를 가리켰어.
"김 서방, 나랑 내기 한번 해 보세.
내가 자네 이름을 열 번 부르기 전에
자네가 저 낟가리를 한 바퀴
돌아오면 자네가 이기는 거네.
이기는 사람이 백 냥을 차지하는 거지."
김 서방이 고개를 끄덕거렸어.
"좋아요! 한번 해 봅시다!"

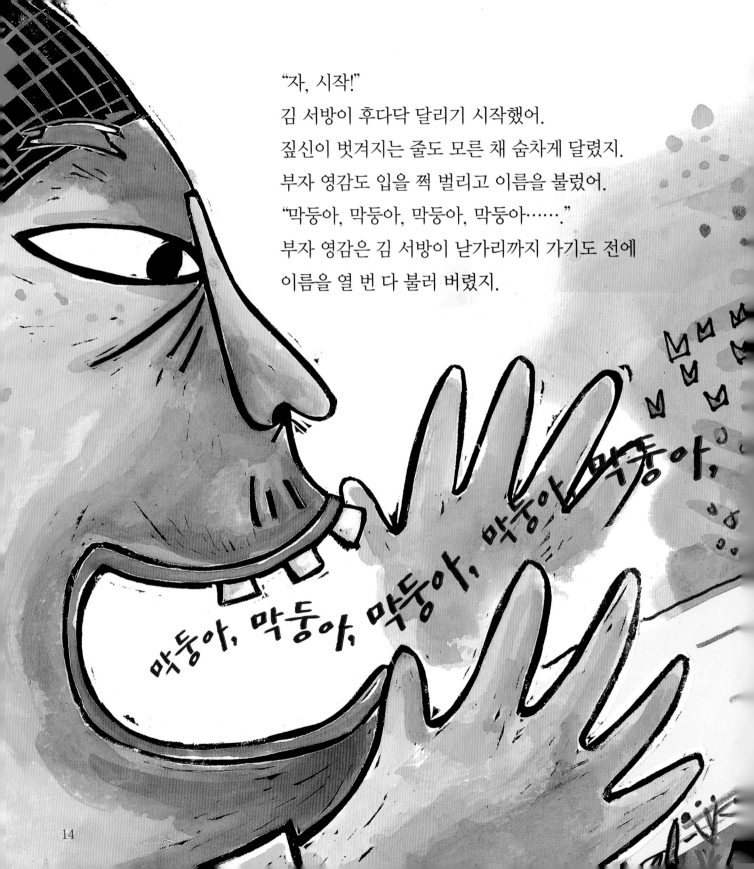

"자, 시작!"
김 서방이 후다닥 달리기 시작했어.
짚신이 벗겨지는 줄도 모른 채 숨차게 달렸지.
부자 영감도 입을 쩍 벌리고 이름을 불렀어.
"막둥아, 막둥아, 막둥아, 막둥아……"
부자 영감은 김 서방이 낟가리까지 가기도 전에
이름을 열 번 다 불러 버렸지.

막둥아, 막둥아, 막둥아, 막둥아, 막둥아,

"자, 내기에 졌으니 백 냥을 내놓게!"
김 서방이 씩씩거리며 백 냥을 가져와 건넸어.
"달리기 연습을 더 해서 다음엔 꼭 이기겠어요."
"그래? 연습 많이 하게나!"

다음 날부터 마을 사람들은 모두
달리기 연습을 했어.
밥 먹다 말고 나와서 산 아래까지 다다다.
책 읽다 말고 나와서 하나 둘, 하나 둘.
일하다 말고 낫이고 호미고 다 던져 버리고
산으로 들로 뛰어다녔어.

며칠 뒤 한 나무꾼이 부자 영감에게 내기를 하자고 했어.
부자 영감이 나무꾼에게 물었어.
"자네 이름이 뭔가?"
"내 이름은 박하늘구름별님해님달님이오."
"이름 한번 기네. 그럼 시작해 볼까?"
마을 사람들이 우르르 몰려나와 응원을 했어.
"박하늘구름별님해님달님 이겨라!"

"자, 시작!"

나무꾼이 힘차게 달려 나갔어.

그런데 부자 영감이 이름을 부르지 않네.

나무꾼이 열심히 뛰어서 낟가리를 되돌아오려는데

부자 영감이 그제야 이름을 부르기 시작했어.

"하늘구름별님해님달님아,

하늘구름별님해님달님아……."

나무꾼은 젖 먹던 힘까지 내어 달렸어.

하지만 이번에도 부자 영감이 빨랐어.

"……하늘구름별님해님달님아,

하늘구름별님해님달님아,

열 번, 끝!"

23

부자 영감이 살살 약을 올렸어.
"어이쿠, 아까워서 어쩌나?
약속한 백 냥을 내놓게."
마을 사람들이 앞다투어 내기를 하겠다고 나섰어.
"나랑 내기 한번 해 봐요."
"그다음은 나요!"
하지만 장손이도, 끝말이도,
유성이도 다 지고 말았어.
김수한무거북이와두루미삼천갑자동방삭도
마찬가지였지.

"푸하하, 이제 더 할 사람 없지?"
부자 영감이 돈 주머니를 들고 집으로 돌아가려 했어.
그때 봇짐을 멘 한 사내가 부자 영감을 불렀어.
"잠깐! 소문을 듣고 내기를 하러 왔습니다."
"아니, 자네는 처음 보는 얼굴인데?"
"저는 이 마을 저 마을 떠돌며 장사하는 장돌뱅이랍니다.
그 돈을 모두 걸고 내기를 한번 하시지요."
부자 영감의 눈이 번쩍 뜨였어.
'좋아! 이번에 이기면 큰돈을 벌겠는걸.'

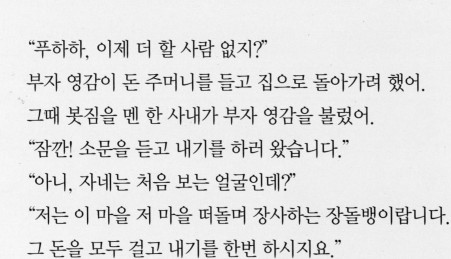

부자 영감이 웃으며 물어보았어.

"좋네, 자네 이름은 뭔가?"

장돌뱅이가 한숨을 돌리고 이름을 대는데,

"내 이름으로 말할 것 같으면 조선팔도장돌뱅이

함경도장돌뱅이평안도장돌뱅이황해도장돌뱅이……."

부자 영감이 깜짝 놀라서 물었어.

"무슨 이름이 그렇게 긴가?"

"아직 멀었소. 그다음에 함흥장돌뱅이

의주장돌뱅이평양장돌뱅이해주장돌뱅이……."

주저리주저리 겨우겨우 끝이 났지.

"아이고, 이걸 어떻게 다 기억해?
종이에 적어 놓고 읽게 다시 말해 보게나."
"조선팔도장돌뱅이함경도장돌뱅이평안도장돌뱅이……."
장돌뱅이는 다시 외는데도 한 자도 틀리지 않았지.
"자, 시작!"
장돌뱅이가 천천히 걸어가기 시작했어.
부자 영감은 땀을 뻘뻘 흘리며
외우기 시작했지.
"조선팔도장돌뱅이함경도장돌뱅이…….
어휴, 좀 쉬었다 하자."

부자 영감이 다시 이름을 부르려고 할 때였어.
장돌뱅이가 벌써 낟가리를 한 바퀴 돌고 온 거야.
"영감님, 제가 이겼죠?"
부자 영감은 부끄러워서 집으로 달아났어.
"어휴, 다시는 내기하지 말아야지!"

장돌뱅이는 부자 영감에게 받은 돈을
사람들에게 돌려주었어.
"세 상에서 가장 긴 내 이름이
도움이 되었군요."
그러고는 터벅터벅 길을 떠났대.

세상에서 가장 긴 이름 작품해설

〈세상에서 가장 긴 이름〉은 다른 사람들 앞에서 경쟁을 하는 '경쟁담'입니다. '긴 이야기' 등에 나오는 사기꾼의 속임수 쓰기, 내기하기, 길게 이어지는 말놀이 등을 바탕으로 새롭게 만든 옛이야기이지요. 〈세상에서 가장 긴 이름〉에는 못된 속임수를 부리는 사기꾼 부자 영감이 나옵니다. 부자 영감은 마을 사람들과 100냥 내기를 합니다.

"내가 이름을 열 번 부르기 전에 저 낟가리를 한 바퀴 돌아오면 100냥을 주겠소. 못하면 100냥은 내 거요." 하고 살살 사람들을 꼬여 엄청난 돈을 긁어모으지요. 그때 이름이 엄청나게 긴 장돌뱅이가 와 전 재산을 걸고 내기를 해 이겨서 마을 사람들의 돈을 되찾아 준답니다.

'긴 이야기'는 내용이 조금 다릅니다. 이야기꾼이 한 남자에게 재미난 이야기를 해 주겠다며 한 번 듣는데 열 냥이라고 사기를 칩니다.

"잘 들으세요. 쥐 수천 마리가 서로의 입에 꼬리를 물고 압록강을 건너오는데 소리가 납니다. 옴방통방 옴방통방 옴방통방 옴방통방……."

이야기꾼은 하루종일 '옴방통방'만 합니다. 남자는 열흘 동안 하루 10냥 씩 100냥을 들여 이야기를 들었지만 그때까지도 이야기꾼은 '옴방통방'만 했습니다. 남자에게 이야기꾼의 '옴방통방' 이야기를 전해 들은 아들은 이번엔 자기가 이야기꾼을 찾아가 100냥 내기를 합니다. 두 사람은 누가 더 오래 이야기를 하나 번갈아 경쟁하기로 합니다. 첫날에는 이야기꾼이 '옴방통방' 이야기를 합니다. 밥을 먹으려고 반나절 만에 이야기를 끝내지요. 다음 날에는 아들이 시냇물 흐르는 이야기를 합니다. 미리 아침을 곱빼기로 먹고 와 점심, 저녁도 안 먹고 하루 종일 '졸졸졸, 잘잘잘, 오쫄쫄'만 하자 결국 배고파진 이야기꾼이 항복을 합니다. 아들은 이야기꾼에게 100냥을 돌려받아 집으로 돌아온답니다. 〈세상에서 가장 긴 이름〉은 나쁜 사람의 못된 행동이나 사기는 오래갈 수 없고, 마지막엔 착한 사람이 승리하게 된다는 걸 보여 주고 있습니다.

꼭 알아야 할 작품 속 우리 문화

이름

우리 조상들은 이름을 귀하게 여겨 함부로 부르지 않았어요. 어릴 때에는 '아명'을 썼어요. 개똥이, 간난이, 막둥이 같은 예쁘지 않은 이름을 붙여 아이에게 나쁜 일이 생기는 걸 막기도 했어요. 결혼을 하면 그때에야 집안의 어른이 좋은 뜻을 가진 진짜 이름을 지어 주었지요.

낟가리

낟가리는 벼, 보리, 밀 등 낟알이 붙은 곡식을 수확해 그대로 쌓아놓은 더미예요. 낟알을 털어 낸 볏짚이나 건초 등을 비가 스며들지 않도록 쌓아 놓은 더미를 말하기도 해요. 해마다 추수 철이 되면 논마다 낟가리를 볼 수 있답니다.

장돌뱅이

옛날에는 우리나라 곳곳에 3일마다 서는 삼일장, 5일마다 서는 오일장 등이 있었어요. 장돌뱅이라고도 부르는 보부상들은 장이 서는 곳으로 떠돌아다니며 물건을 팔았어요. 봇짐에 물건을 넣어 다니는 상인은 봇짐장수, 지게에 물건을 지고 다니는 상인은 등짐장수라고 불렀지요.

말랑말랑 우리 문화 이야기

아기가 태어나면 이름을 붙여 주어요. 누구나 다 이름을 가지지요. 이야기 속에도 많은 이름이 나와요. 옛날 사람들은 이름을 어떻게 지었을까요?

> 이놈, 우리 조상님들처럼 훌륭한 사람이 되어야지. 매일 장난만 치면 되겠느냐?

집안의 역사를 담은 족보

족보는 집안마다 내려오는 그 집안의 역사책이에요. 족보를 보면 집안에 어떤 조상들이 있고, 그중 누가 어떤 벼슬을 지냈는지도 알 수 있지요. 족보는 양반 집안에만 전해져 내려왔어요.

> 우리는 사촌 형제예요. 나는 김일장!

> 나는 김이장!

> 나는 김삼장!

> 나는 김사장!

항렬자를 가진 양반 이름

옛날에는 보통 성과 합쳐 이름이 두 자이거나 세 자였어요. 그런데 양반들은 친척 및 형제끼리 성 외의 글자 중 한 자를 똑같이 지었어요. 이것을 항렬자라고 하고 지금도 이런 전통이 이어지고 있어요.

천한 이름을 붙여 준 까닭

옛날에는 아기에게 개똥이, 간난이, 막둥이 같은 예쁘지 않은 이름을 붙여 주기도 했어요. 신분이 낮은 백성이나 머슴 등에게 주로 붙였는데, 나중에는 아이의 액운을 막는다고 해서 양반들도 아이의 이름을 천하게 짓기도 했대요.

개똥아,
나무 많이 해 오너라!

개똥이 싫어요.
이름 바꿔 주세요.

이름이 없는 백성

신분이 낮은 백성 중에는 이름이 없는 사람들도 있었어요. 이름을 중요하게 여긴 양반들과 달리 어떻게 불려도 상관없었기 때문이지요.

자네 이름이
무언가?

이름요?
그런 거 없는데요.